SATIRE

Par M. Agostini aîné,

Avocat, Juge de Paix a Cervione.

— ❦ —

BASTIA,

IMPRIMERIE FABIANI.

—

1844.

SATIRE

PAR M. AGOSTINI AINÉ,

Avocat, Juge de Paix a Cervione.

BASTIA,

IMPRIMERIE FABIANI.

—

1844.

C

A MONSIEUR

LE COMTE HORACE SEBASTIANI,

MARÉCHAL DE FRANCE.

———◆———

Monsieur le Maréchal,

Ce n'est pas au Maréchal de France que j'entends dédier la satire ci-jointe ; c'est à l'ancien ami, à celui avec qui j'ai passé les beaux jours de l'enface et même de la première jeunesse ; à celui qui *prince* toujours dans son école m'apprenait, avec un zèle vraiment amical, à me faire remarquer aussi dans la mienne, que je vais l'offrir.

Vous souvenez-vous quand, tout jeune encore, vous discutiez avec tant d'esprit, chez feu M. votre oncle l'archiprêtre de la Porta, des questions de littérature et de politique avec feu Mgr l'évêque Duverdier et feus MM. Laurent Giubega et François Casabianca ? Je me souviens moi qu'à la manière dont vous souteniez le débat, ces illustres amis de votre famille, ces hommes habiles vous devinaient dès cette époque-là

Vous souvenez-vous quand, nos jeunes cœurs commençant déjà à palpiter pour la liberté conquise par la révolution de quatre-vingt-neuf, nous prenions les armes contre un parti d'opposition ?

Vous souvenez-vous de tous nos projets, de l'appui mutuel que nous nous donnions, de tant de petits services que nous nous rendions réciproquement avec tant de cordialité et de dévouement? Que ces beaux jours d'innocence et de bonheur ne nous reviennent-ils plus ! C'est à cet homme-là à qui cet ouvrage, quel qu'il soit, est consacré.

Ce n'est pas, M. le Maréchal, que je méconnaisse ce qui serait dû au personnage : je sais le sang généreux que vous avez répandu à Austerlitz ; la sagesse et la vaillance que vous avez montrées dans votre ambassade à Constantinople ; la très-haute et difficile mission que vous avez si bien remplie comme ministre, en 1830 : quelle influence cette mission n'a-t-elle pas eu sur les destinées du monde !

Aussi ma logique ne me permet pas de révoquer en doute la part que vous avez prise à obtenir du plus puissant, du plus généreux des rois, les bienfaits dont il ne cesse de combler la Corse. Je ne vois pas non plus sans émotion, sans orgueil, la gloire que mon ancien compagnon répand sur le pays. Je sais, M. le Maréchal, apprécier tout cela.

Mais je sais mieux encore qu'en pareil cas ma production se rapetisserait toujours plus : elle deviendrait trop faible, trop peu de chose pour le personnage.

Restez parmi nous, Monsieur le Maréchal, le plus longtemps possible : profitez des douceurs de notre climat, mieux assorti à votre âge et à votre santé que celui de Paris; examinez les choses de plus près et par vous-même ; dites ce que disait Rousseau . « Le reste de ma vie je ne serai occupé » que de moi ou de la Corse (*) » et vous rendrez votre terre natale tranquille et florissante, vous contribuerez beaucoup à avérer ce que disait le citoyen de Genève : « J'ai quelque pressentiment » que cette petite île un jour étonnera l'Europe (**).

(*) Lettre a M de Buttafoco , tom VII *OEuvres posthumes.*
(**) *Contrat Social.*

AVERTISSEMENT.

La satire que j'ose faire paraître au public, a été composée il y a plus de onze ans. Inutile de dire les motifs qui ont empêché jusqu'ici sa publication. Je réclamerai plutôt l'indulgence de mes lecteurs : ce retard lui fait perdre l'à propos qu'elle eût eu, si elle avait paru à son époque : c'est ce qui ajoute a tant d'autres défauts qu'elle contient en elle-même.

Ce ne sera, sans doute, qu'une insipide boutade : toutefois, quant à son objet du moins, s'il n'est pas bien poétique, il ne sera pas sans intérêt, sans gravité. Osant prendre le fouet de la satire en main, c'est de la distribution des emplois que je m'occupe ; c'est la cause du mérite que je traite.

Il est desormais reconnu que le bonheur d'un peuple se rattache essentiellement au choix plus ou moins heureux de ses employés.

Certes, si les emplois, les titres et les faveurs, se cumulaient sur des hommes tels que Pourceaugnac, tout accompli que je le dis dans ma satire, les affaires de son pays ne pourraient qu'aller de mal en pis.

Vaine terreur cependant . les choix ne tomberont jamais sur des personnages aussi bizarres et de pure fiction, occupant même des emplois qui ne sont que controuvés. Toutefois il serait à desirer que nos lois, si pleines de formalités et de precautions pour assurer la vie et les propriétés des citoyens, aussi bien que la bonne administration de la fortune publique, fussent moins insouciantes quand il s'agit de nom-

mer ceux qui décident de tout cela , qui appliquent ces mê—
mes lois.

Voilà de quoi ma muse , toute légère , toute burlesque
qu'elle est , se préoccupe, ce qu'elle cherche à faire sentir.

D'autres abus , d'autres inconvénients encore sont signalés
dans les nombreux emplois que je prête au parent présumé
du Pourceaugnac , que Molière joua si bien sur le théâtre
dans son temps. L'ironie qui domine toujours , le montre
cependant à peu près parfait : ce n'est que dans quelques
passages que le bout de l'oreille paraît plus à decouvert.

Je mets de côté quelquefois la fiction pour crier contre les
abus et les inconvénients.

En un mot , à tout prendre, j'ose espérer que mon travail,
quel qu'il soit , ne sera pas sans utilité pour le pays.

Cet ouvrage , d'ailleurs , ne pourra déplaire à personne :
soyons de bonne foi : tout le monde , en commençant par
l'auteur, a ou croit avoir du mérite : or ce n'est que le vice
qu'il attaque : le vice seul , donc , si par hasard il existait ,
pourra se fâcher , pourra bouder de plein droit.

Mais l'on va dire : pourquoi ne pas écrire en prose ! quelle
folie pour un homme de son âge , exerçant une profession
grave de vouloir grimper au mont difficile !

Je réponds que Sophocle fit une tragédie à l'âge de 89 ans.
Si dans le pays et au temps où nous vivons , il est des gens
qui accordent à la nation des poètes moins d'estime que d'el-
lébore , il est bon de leur faire observer que pourtant les deux
hommes les plus sensés du monde ont été deux poètes , Horace et Despréaux. Je ne m'etonne pas si Daguesseau avait
toujours le premier entre les mains , et s'il fesait des vers aussi quelquefois lui-même.

Mais n'allons pas chercher si haut et si loin des exem-
ples : tous les jours nous entendons réciter avec un plaisir ex-

trême les sonnets spirituels et mordants de feu M. Benedetti avocat et magistrat celèbre

Un bon nombre de Messieurs de la cour royale actuelle ont fait et font de beaux vers. Moi aussi j'ai voulu essayer de faire une satire ; et ce qui plus est en vers français ; moi qui n'ai jamais eu le bonheur de voir le continent français. C'est ce qui me méritera, je l'espère, plus d'indulgence de la part surtout des Français continentaux.

Au reste, si cette satire n'est pas supportable, elle servira du moins a en faire faire de meilleures à mes censeurs. Peu m'importe de compromettre ma réputation poétique. Il me suffit qu'il me reste celle d'homme bien intentionné.

SATIRE.

A M. DE POURCEAUGNAC,

Avocat et Docteur en droit, Membre du conseil de discipline de l'Ordre
des Avocats, Juge suppléant, Juré, Membre du conseil municipal,
Administrateur de l'hospice des pauvres, Commissaire aux prisons
civiles, Membre du bureau d administration du Collége, Surveillant
du lupanaire, Marguillier de l église de St Jean-Baptiste, Président
du bureau de Santé à Bastia, en Corse, etc., etc., etc

Que de titres morbleu! que de lustre et de gloire!
Ah! ton nom, Pourceaugnac, va marquer dans l'histoire.
Déjà ce nom fameux d un héros de ton sang
Divertit le théâtre et t'assigne un haut rang.
Mais laissons tes ayeux illustrés par Moliere (1);
Tu brilles bien assez de ta propre lumière;
Tu t'elances d'abord au chemin de l honneur
Par le titre éclatant d'avocat, de docteur;
Et l hermine jamais ne sortit des ecoles
Pour briller au barreau comme sur tes épaules
Quel orateur divin! quelle voix! quels poumons!
Tes chens éblouis te font maître des fonds :
Tu preserves leurs droits du captieux sophisme
L'atteignant d'un dilemme ou bien d'un syllogisme
Tu réduis au silence, ô merveilleux effort!
Nisas qui hablerait quand même il serait mort;

(1) Voir la commédie de Moliere qui a pour titre Monsieur de
Pourceaugnac, avocat de Limoges.

Dargus qui de dossiers remplit jusqu'à sa cave ,
De livres son grenier , tant sa doctrine est grave !
Et *Roger* dont le front au barreau redouté
Ne sut jamais rougir , ne fut jamais dompté ;
On les voit tour à tour , au choc de ta logique ,
L'un demeurer tout court et l'autre sans réplique,
Enchaînes à ton char et traînés comme Hector
De leur témérité subir le triste sort.

   Mais poursuivons , Docteur , et parcourons tes titres ·
En foule sous ma main se pressent les chapitres.
Il faut te signaler sous ce titre nouveau ,
Que tes graves vertus ont marqué de leur sceau.
Parmi ces noirs Robins et leur troupe innombrable ,
Qui des erreurs d'autrui font commerce honorable ,
Nous te voyons siéger en l'illustre conseil
Pour leur servir de guide ou plutôt de soleil
L'avocat sous tes lois , epris de sa noblesse ,
Se conduit noblement ; abjure la richesse
« Et met au rang des biens l'esprit et le savoir (1) »
L'*honneur* et la *vertu* complètent son avoir (2).
Loin de ce docte corps l'envie est enchaînée ·
La marche du talent n'y fut jamais gênée.
L'imposture se cache au jour qui vient de lui ,
Dans la sombre cabale envain cherche un appui
Tout est réglé · *Bonhomme* incline à la satire ?
Fort du terrible droit de *blâmer*, d'*interdire* (3),
Tu vas rompre d'un mot son indiscret jargon,
Sa lire inexercée au métier d'Apollon.
   Plus je m'avance ainsi dans ma course rapide ,

---

(1) Vers de Boileau.
(2) On lit sur l'écusson du sceau de l'ordre des avocats de Bastia les
mots *honor et virtus*
(3) Ce sont là les attributions du conseil de discipline

Plus je vois reculer les colonnes d'Alcide.
Que je vais rencontrer et d écueils et de vents !
Ta carriere fut longue au dela de tes ans.
Je t'aperçois ici modeste auxiliaire (1),
Mais servant de modele à plus d'un titulaire.
Nous t'admirons plaider au banc des avocats ,
Puis siéger tout-a-coup parmi les magistrats .
Tu changes en Prothée et de place et de forme ,
Discutant ou jugeant et le fond et la forme (2).
Tonnes-tu brusquement , organe de ton roi ?
Je vois pâlir le crime et la mauvaise foi.
Tu proteges pourtant la raison , l'innocence .
D'un richard criminel tu confonds l'insolence
Tu fais plus ; nous voyons a ta bruyante voix
Le monstre du barreau , la chicane aux abois.
O que n'étais-tu ne dans Rome ou dans Athènes !
L'histoire eût moins vanté Cicéron , Demosthenes.
Peut-être ils n'avaient pas ta noble gravité ,
Et ta docte assurance et ta facilité ,
Qui decident si bien de tout cas difficile .
La matiere est retive , et ta langue est docile.
    S'agit-il de juger ? Vite le Saint-Esprit
Forme ton jugement et dans ton cœur l'écrit.
A quoi bon t'étourdir sur la glose et le texte ?
Le plaideur dépêché , tu t'enquiers peu du reste.
L'inique ambition , l interet corrupteur

(1) Juge suppléant
(2) D apres nos lois il est défendu a un magistrat , ne fût-il que juge
de paix , d être avocat , pas même de consulter , et il est permis a un
avocat d être magistrat , savoir juge suppléant C est ce qui fait voir le
même individu, à la même audience, tantôt plaider au banc des avocats,
tantôt plaider au siege du ministere public , tantôt juger au siege des
juges.

Et l'esprit de parti n'émeuvent point ton cœur.
Personnes, passions ne sont de toi connues
Que pour mieux les juger, comme en venant des nues.
D un fourbe tu n'as point la tactique et la foi :
Le faible et le puissant sont égaux devant toi.
Que l intérêt privé forme seul sa devise
Point de calculs chez toi qui troublent ta justice.
Le Corse a l'œil malin et voit bien justement
Qui se feint vertueux, qui l est sincerement.
Envain un imposteur se cache-t-il soi-même
Et poursuit l'honnête homme en jeûnant le carême.
La balance sacrée aux mains de tels matois
Ramènerait les jours du magistrat génois. (1)
Préferons l'anarchie au Palais sans justice :
A son ombre tout meurt, il ne vit que le vice
Les formes et le droit sans de bons magistrats
Ne sont que les replis de légaux attentats.
Du roi qui te nomma bénissons la mémoire :
De tels vices jamais ne terniront ta gloire
La justice et les lois feront bien dans tes mains ,
Homme juste et savant, le bonheur des humains.
Poursuis . Thémis d'en haut t'admire , te contemple
Comme un être parfait en son terrestre temple.
Tu pourrais lui servir d équerre et de compas ,
Et de guide et d'appui , puisqu'elle n'y voit pas.

  Est-ce là seulement que tu sers la déesse
Par ta noble conduite et ta haute sagesse ?
Non, de nos bons jurés (digne juré de droit)
Tu sais guider les pas, mais par le chemin droit
Par toi seul on les voit plus justes et plus sages ,

---

(1) Les magistrats génois quelquefois suscitaient des inimitiés, sou-
tenaient des partis, protégeaient des coupables, en un mot, troublaient
le pays c'était pour l affaiblir et le dominer

Pour la justice enfin ils gardent leurs suffrages
Ils repoussent hardis ces dangereux demons ,
De meurtriers, d'assassins détestables patrons
D'une indigne douceur ils ont fui l'habitude :
Elle est de grands malheurs fort souvent le prélude.
Ce juré complaisant, follement immoral ,
Voit du mal qu'il a fait naître chez lui le mal
Ses fils sont égorgés¹ lors il se désabuse ,
Et tous nos bons jurés de forfaiture accuse. —
Pour conserver les bons perdons quelques méchants ;
C'est là l'humanité , l'honneur et le bon sens.
Une tête tranchée épargne mille têtes :
C'est la foudre qui frappe et cessent les tempêtes
    Mais quittons le palais · l'administration
Offrant un nouveau cours à ton ambition ,
Tu prends place en ce corps qui veille à la manie
Par toi le peuple heureux ne se plaint ni ne crie.
La famine s'enfuit au Monomotapa ,
Le pauvre et l'orphelin t'appellent leur *papa*.
La police partout, vigilante et sévère,
Tout est sûr, tout est sain , ni la viande est trop chère.
Tout prospère en tes mains · les mœurs , la bonne foi ,
Le commerce , les arts , le budjet et l'octroi.
Et de Mariana (1) l'on voit la noble fille (2)
Qui croissant chaque jour de mille attraits fourmille.
Du beau roc de Brando (3) sont pavés ses quartiers :
Le pape y marcherait sur ses augustes pieds.

(1) Grande et ancienne ville sur le même littoral et a peu de distance de Bastia · elle n'est plus maintenant.

(2) Bastia, que l'on dit sortie des ruines de Mariana

(3) Carrière inépuisable de belles pierres au village de Brando , non loin de Bastia.

La nuit s'enfuit d'ici depuis les réverberes (1) ·

La place, au sein des flots, d'orgueilleuses barrières

Montre au passant ravi de ce goût novateur (2).

Du peuple qui la fait présageons la grandeur.

Si pourtant la cite plus sage, plus hardie,

Bravant encor les flots l'avait plus agrandie!

Mais l'avarice crie. Il faut cent mille francs.

Et je réponds. Fait-on des places tous les ans?

Songeons à l'avenir, au commerce, à la banque;

Emprunter de Thétis un site qui nous manque,

C'est de l'économie entendre bien la loi.

Au reste, il faut penser que Philippe est grand Roi;

De porter son grand nom est fière notre place ·

Déja de ses bienfaits elle offre quelque trace (3)... .

    L'homme infirme, indigent t'appelle en d'autres lieux:

Je te vois accourir · par tes soins tout pieux

Aux coups d'un art aveugle il echappe et se sauve :

Pour drogue surannée il prend absinthe ou mauve

Son potage est soigné : l'heureuse propreté

Sourit dans tous les coins propice a la santé .

De l'ordre et du travail on voit partout les traces,

On y voit le malade entre les mains des grâces,

Tant sur ton noble cœur agit l'humanité !

Elle en fait la douceur, en fait la vanité;

Et tels sont les bienfaits que ta main lui prodigue,

---

(1) Il n'y avait pas de réverberes a Bastia auparavant ce bienfait, comme tant d'autres embellissements de la ville, se doivent a l'illustre M. Videau devenu maire M Lota, maire actuel, marche bien sur ses traces.

(2) Grande et belle place que l'on fait actuellement, en grande partie dans les eaux de la mer.

(3) Une somme de vingt mille francs a été déjà accordée pour l'encouragement des travaux de cette place elle porte le nom de *Place Louis-Philippe*

Que pour tomber malade on travaille , on intrigue.
On dirait que par toi , la fièvre a des appas,
Que la diète est mieux que de friants repas.

   Tu cours de l'hôpital aux prisons de la ville,
Où tant de malheureux sont vomis par cette île.
Quel spectacle affligeant ! ému , silencieux
Tu vois tant de fureurs expirer dans ces lieux.
Le criminel palpite..... Oh , dans sa repentance,
Qu'il regrette les jours de sa belle innocence !
Tel est le Corse altier : sa bizarre raison
Ne s'éclaire qu'au jour d'une sombre prison :
C'est le lieu du bon sens , la sagesse outragée ,
Recouvrant là ses droits , est dignement vengée.
Le Corse aime le Corse en tout lointain climat ;
C'est ici qu'il l'accuse, ici qu'il le combat.
Partout les feux en main les noires Euménides
Embrasent son pays de haine et d'homicides.
En son aveugle ardeur il ne voit pas qu'un jour
Les cachots, le bourreau viendront bien à leur tour.
O terrible fierté qui ne voit que l'outrage !
O généreux, mais vain, mais funeste courage !
Tristes rivalités des enfants de Cyrnus !
Que ne feriez-vous pas , éclairés , contenus !
Du superbe insulaire on vit calmer la rage,
Quand la Rocca (1) donna ce grand *Juge* (2) au viel âge ;

---

(1) Province considerable de la Corse, aujourd'hui arrondissement
de Sartene.

(2) Giudice de la Rocca , noble et puissant personnage, non seulement il fut capitaine habile, mais il fut en grande vénération en Corse à
cause de sa rigoureuse justice Les chefs de l'île, même ses émules, sub
jugués par cette justice, se soumirent tous volontairement à sa domina-
tion : « *Quo regnante* (dit Petrus Cyrneus) *Corsica annos duos et vi-
ginti pacifica et felix vixit* »

Mais du sang d'un neveu son glaive est ruisselant (1) :
Admirez nos jurés : l'exemple est bien frappant.
Revenons aux reclus : en leur donnant la fête ,
Tu leur fais oublier le jour de la sellette.
Geolier, scribe, valet s'adoucissent par toi :
Ils ne rançonnent plus : l'ordre naît à ta voix.

    Tu sors béni de tous. Pour ranimer ma verve ,
Je te suis , Pourceaugnac, au séjour de Minerve :
Ses domaines heureux sans accès pour le sot,
Tu le crois à bon droit , forment ton juste lot.
Les lettres florissant sous ta douce influence
Un siècle d'or renaît dans Cyrnus comme en France.
On dirait que ce roi tant loue par Boileau ,
T'a legué son génie ou revient du tombeau.
De notre Paoli la grande ombre appaisee
Verra sa volonté par toi realisee (2).
Ce collége réduit en collége royal , (3)
Ne verra plus de maître impie ou trivial :
Ni l'éleve égaré par de fausses lumières ,
L'honneur et la vertu prendra pour des chimères.
Le monde est corrompu ; mais encore la raison
Inspire du mépris pour un heureux fripon.
L'opinion publique encor régit le monde ;
Tôt ou tard l'on en sent l'influence feconde :
Juste et puissante encor, toujours ses jugements
Favorables aux bons, condamnent les méchants

---

(1) Giudice avait commis à la garde de 200 prisonniers de guerre qu'il avait fait sur les Génois un de ses neveux. Celui ci , épris de la grande beaute de la femme d un prisonnier, en abusa forcement. Giudice le condamna et lui fit subir la peine capitale.

(2) Le legs de Paoli pour une ecole a Corte et une autre a Morosaglia n'a pas eu encore d'exécution.

(3) Il n y a qu'un collége communal a Bastia.

Que la vertu d'ici partout donc se propage.

Ton nom et tes bienfaits passeront d'âge en âge

On montrera les dons de nos bons citoyens ,

De Sisco, de Prelà (1), mais vaincus par les tiens.

    Quel brillant avenir!... Mais nouveau soin me presse :

Bien que je sois taxé de lenteur , de paresse ,

J'arrive vite au point dont tu t'enorgueillis .

C'est de dire comment tu sers bien ton pays ,

Par le maintien de l'ordre : en ceci tu fais preuve

D'une vertu chez nous et merveilleuse et neuve.

C'est ta pudicité qu'on voit avec stupeur

Se rouler dans la fange et garder sa candeur.

La faible humanité, quoiqu'on dise et qu'on fasse ,

De trop chastes efforts , tu le sais bien, se lasse.

Ne pouvant résister à cet attrait charmant ,

Sans qui le genre humain serait bientôt néant ,

Elle court au reduit qu'inventa la sagesse ,

Pour sauver de son mieux la fougueuse jeunesse.

L'amour ne gâte ici ni l'esprit ni le cœur ;

Le bon enfant s'amuse et devient sage ailleurs.

A Londres , à Paris , partout , jusque dans Rome

Le commode marché s'offre aux plaisirs de l'homme.

On l'etablit chez nous à l'instar de Paris :

C'est pour le bien de tous et surtout des maris.

N'écoutons pas des sots la farouche critique ,

Ce lieu peut bien sauver la morale publique :

Il te fut confié : tu le hantes souvent ,

Et de jour et de nuit alerte surveillant.

---

(1) MM. Sisco et Prela, tous les deux de Bastia, successivement médecins du Pape a Rome, ont rivalisé de largesse en faveur de leur ville natale. Le premier, outre le don de sa bibliotheque, a institué a Rome un lieu pour l'education de plusieurs jeunes gens de Bastia. M Prela, dit-on, lui destine sa grande bibliothèque qu'on evalue à 50,000 piastres.

Mais quel terrible fait! quelle mésaventure!
Au récit, mon cœur bat et s'indigne et murmure.
Vraiment un sage auteur le disait mieux que moi :
« Il n'est pas toujours bon d'avoir un haut emploi. » (1)
Apaise-toi pourtant : d'utiles écritures
Constatent savamment tes coups et tes blessures
Ce *zephir* (2) qui, dit-on, te jugeant son rival,
Aima contre ton corps un bras ferme et brutal
Ne rira pas longtemps de tant d'irrévérence
De son haut châtiment va retentir la France
La luxure et le vin dans le fameux félon
Vont donner aux Français une grave leçon.
Mais si pour t'esquiver tu trouvas chez Furie (3)
Coiffure et casaquin, ne crains pas qu'on en rie.
En femme déguisés l'on vit jusqu'aux héros :
Le grand fils de Pelée est Pyras dans Scyros :
Le plus fort des humains, le merveilleux Hercule,
De filer en jupon n'a pas eu de scrupule.

Passant du lieu profane en lieu de sainteté,
Nous allons admirer ta grande piété.
D'habile marguillier tu tiens ici l'office,
Et sais t'en acquitter, mais non pas en novice.
Par toi cet incrédule orgueilleux et pervers,
Revient au culte saint du Dieu de l'univers.
Que dans Saint-Jean (4) il aille en voir l'auguste asile :
En grâce de tes soins, de ton zele fertile,
Le voyant rayonner de beautés, de splendeur,

(1) Vers de Lafontaine

(2) Espèce de soldats indisciplinés et revêches ; pour l'ordinaire ama-
teurs des femmes et du vin

(3) Célèbre femme galante à Bastia.

(4) L'église de St Jean Baptiste, une des deux paroisses de Bastia.

Que là se loge un Dieu déjà lui dit son cœur.
En te voyant toi-même à la porte d'entrée,
Quêtant tout humblement large aumône sacrée,
Livrer pour l'obtenir plus d'un pieux assaut,
Notre athée obstiné n'est déja qu'un devot.
Dans ces jours où jadis pleura tant Jérémie,
Quand la cloche se tait tristement endormie,
Ton zele fait entrer dans les murs réverés (1)
Et champagne et bordeaux, mets fins et mets suciés,
Pour faire trève aux pleurs, trève à la pénitence :
C'est alors que ravi de la sainte bombance
Notre pécheur admis à la solennité,
Réprouve en vrai Saint-Paul son incrédulité.
Voila le beau moyen de servir la fabrique :
Grossir ses revenus sans blesser la rubrique ;
De beautés, de repas animer le saint lieu
Pour prouver savamment l'existence d'un Dieu.
Une mouche animee, une fleur éphemère,
L'ordre immense des cieux, le soleil et la terre
Sont de vieux arguments qui prouvent le tres-haut.
Mais ta marguillerie offre bien du nouveau .
Par elle Diderot (2) eût reconnu peut-être,
Dans Saint-Jean le bon Dieu, du monde le grand maître.

   Je voudrais m'arrêter : mon Pégase est tout las.
Je t'ai bien étourdi de ton propre fracas ;
Et j'ai tout fatigue le docte et le vulgaire.
Oh ! qu'on en sait souvent, quand on sait bien se taire !
Et charitablement l'on me dit . quel excès !
Que ne va-t-il chercher des cliens, des procès !
Ou renonçant aux fruits de sa stérile école
Que ne prend-il congé d'Horace et de Bartole.

(1) L'usage de faire la *Cœna Domini* dans la sacristie de St-Jean, va
en désuétude.
(2) Philosophe suspecte d'athéisme.

J'entends bien tout cela , mais que faire grands Dieux !
Un titre encor plus beau brille alors à mes yeux :
Me taire !... non , plutôt entonnons la trompette :
Ici ne valent plus satire ou chansonnette ;
La patrie en danger tel que Rome le fut
Quand Brennus menaçant à ses portes parut ,
La patrie à ta vue et t'invoque et soupire ,
Et ces accents plaintifs résonnent dans ma lyre.

    « O toi , grand Président , du bureau si vanté ,
Sans qui ne serait point de publique santé ;
Toi qui reçus du Ciel des mains de la sagesse ,
Le don de secourir la nature en détresse ;
Qui conjures le mal et les vents et les flots ,
Ecoute cette voix qui meurt dans mes sanglots.

    Entends-tu le recit de ces vastes ravages
Que fait le choléra sur les tristes rivages
De Marseille et Toulon ? Ah sauve la cité !
Détourne de Cyrnus tant de calamité !
Si tes soins immortels , ta sagesse et ta force
Préservent du fleau la malheureuse Corse ;
Si cette illustre terre où naissent les héros ,
Où tu nacquis , par toi peut garder son repos ,
Pour couronner ton zèle et ta noble industrie
Tu seras breveté « Sauveur de la Patrie. »

    Elle dit et déjà , partout , de tes efforts
Qui n'a vu les effets ? Nous ne sommes pas morts.
C'est plus vrai que le vrai d'un arrêt juridique ,
Et bien plus positif que notre politique.
Partout du grand succès on entend le renom ,
Comme si d'Austerlitz venait Napoléon.
Partout jeunes et vieux et tout vivant s'ecrie :
Vive ce Pourceaugnac , sauveur de la Patrie !

    Tel est d'un grand mérite et le prix et l'emploi :

Si le Ciel te fut large , il fut juste envers toi.
Laisse des envieux que tes vertus ravalent
Vomir sur tes lauriers le poison qu'ils avalent.
Laisse-les bien bien crier « les Français sont égaux »
Tu sais ce qu'il en est ; ce ne sont que des mots.
Leurs cris sont emportés comme au vent la poussière
Et l'on rit d'une vaine , impuissante colère :
De même l'imprudent qui dit les torts d'autrui
Voit souvent retomber les châtimens sur lui.
La juste égalité du mérite nourrice
Ne peut également sourire à tous propice.
Son noble nourisson obtient seul ses faveurs :
Point de privilégiés où sont les trois couleurs.
En vain des électeurs se pressent-ils en foule
Montrant pour du merite une magique boule ·
En vain au ton altier le groupe protégé
Veut-il du bien commun être seul partage ;
En vain ce connaisseur d'intrigue et de menées
Voudrait-il à son char les grâces enchaînées.
L'égalité leur dit « Des vertus, du savoir ,
» Voilà pour avancer , voilà le seul trottoir. »
Mais l'amour propre alors qui se flatte et s'estime
Répond qu'on méconnaît son beau talent sublime.
Oh ! si de mon merite en juge compétent
Je pouvais décider ! Suprême impertinent
On me verrait bientôt , plein d incroyable audace ,
Du grand Roi des Français briguer la haute place
En vain de mon pays l'auguste bienfaiteur
Voudrait-il m'arrêter dans ma triste fureur.
Je lui disputerai sa sagesse et son sceptre
Au coût de les trouver tout d'un saut dans Bicetre.
    Le mérite ressemble au bijou précieux :
Pour le bien estimer chacun n'a pas des yeux .

Il ne se pèse pas , ni se mesure à l'aune :
Chacun impunément le deprime ou le prône.
Pourtant bien mesuré dans toutes ses grandeurs ,
Le tien eût, comme on sait, des appréciateurs :
Lui seul fut couronné (la charte nous l'assure.)
Envain pour le flétrir la critique murmure.

　　Ah ! daigne, Pourceaugnac , m'enseigner l'art divin
De m'enrichir aussi de quelque parchemin.
Pour adoucir un peu ma cruelle fortune
Dis-moi donc le grand art , la science opportune :
Ou plutôt apprends moi le secret d'acquérir
Du merite à ta guise , et je vais parvenir.

FIN.